Et si on discutait
comme Arthur et Mila ?

Aurore Gauthier

Illustrations
Isabelle Monnerot-Dumaine

LAROUSSE

21, rue du Montparnasse 75283 Paris Cedex 06

Direction de la publication
Carine Girac-Marinier

Direction éditoriale
Claude Nimmo

Direction éditoriale adjointe
Julie Pelpel-Moulian

Mise en pages
Isabelle Monnerot-Dumaine

Fabrication
Marlène Delbeken

© Éditions Larousse 2017
21, rue du Montparnasse
75283 Paris Cedex 06

ISBN : 978-2-03-594466-5

Préface

« Se substituer à l'enfant dans l'accomplissement de ses actions formatrices, avec la louable intention de l'aider, n'est pas ce dont il a besoin. Cette substitution, au lieu d'être une aide, est au contraire une entrave au développement de l'enfant. On doit lui permettre d'agir librement, de sa propre initiative, dans un environnement qui a été prévu pour répondre à ses besoins. »

Maria Montessori

Maria Montessori, médecin visionnaire du siècle dernier, a consacré sa vie aux enfants. Avec un regard neuf, ouvert et libéré des préjugés de son temps, elle a contribué à révéler au monde le potentiel des enfants, la façon dont ils se développent et apprennent.

L'éducation Montessori repose sur quelques principes simples : il s'agit de développer l'autonomie, la confiance en soi et la créativité de l'enfant en organisant autour de lui un environnement stimulant et adapté, mais aussi en adoptant une attitude bienveillante.

Les livres étant de merveilleux supports pour échanger librement sur un vécu, engager une réflexion commune, mettre à distance certaines situations et grandir ensemble, il m'a paru intéressant de créer ce petit album, qui a pour but d'illustrer des scènes du quotidien et de montrer comment les enfants peuvent être incités à grandir par des activités très simples de tous les jours.

À travers cette petite histoire proche du vécu de chacun, de nombreux parents pourront trouver des pistes pour inviter leurs enfants à devenir plus autonomes et à apprendre de leurs expériences.

Bonne lecture en famille !

L'auteur

Aujourd'hui, c'est un dimanche qui donne envie de rester à la maison. Il pleut des cordes depuis ce matin !

Mila fait une construction avec la tour rose et l'escalier marron. Arthur s'est installé sur le lit pour lire un livre sur les chevaliers.

Arrivé à la page qu'il préfère dans son livre, celle de l'attaque du château, Arthur se lève pour montrer l'image à Mila, ne regarde pas où il va, et...

Paf ! il bute sur la construction !

Tout s'écroule !

– Tu l'as fait EXPRÈS ! dit Mila.
– C'EST PAS vrai, répond Arthur.

– Si ! Tu l'as fait EXPRÈS. T'ES PAS gENTil ! dit Mila
en pleurant.
– Tu MENS ! crie Arthur.

Maman a entendu la dispute et vient dans la chambre. Arthur et Mila veulent lui expliquer ce qui s'est passé, mais comme ils parlent en même temps, maman a du mal à comprendre. Elle a une idée.

– Si vous êtes d'accord, on va utiliser le bâton de parole, dit-elle. Vous vous rappelez comment on fait ?

– Celui qui tient le bâton dit ce qu'il a sur le cœur, l'autre l'écoute, sans lui couper la parole. Ensuite, il donne le bâton et l'autre peut parler à son tour, explique Arthur.

– Tu as cassé ma tour, commence Mila. Tu l'as démolie exprès pour m'embêter. Elle donne le bâton de parole à Arthur.

– Je ne l'ai pas fait exprès. Je voulais te montrer quelque chose, pas t'embêter.

– Vous êtes tous les deux tristes, dit maman. Comment vous pourriez arranger les choses ?

– Je pourrais t'aider à refaire une tour Mila, propose Arthur. Il donne le bâton à sa sœur.

– Oui, d'accord, dit Mila. Mais on fait comme je dis.

Les deux enfants se sont calmés et se mettent à construire une nouvelle tour.

Une fois la tour reconstruite, Arthur et Mila rejoignent Manon dans le salon. Ils s'installent sur la table basse pour jouer aux petits chevaux. Mais un orage éclate. Mila a très peur.

– Ne t'inquiète pas, la rassure Manon. Tu n'es pas toute seule, on est là.

– Et on est bien protégés dans la maison, ajoute Arthur.

Mila se blottit entre son frère et sa sœur. Maman les rejoint.

– Tu sais, dit maman, l'orage c'est un nuage, rempli d'eau, qui se dispute avec de l'air chaud et de l'air froid.

Ils font la **bagarre** et *boum* !, il y a un ÉClair et du **tonnerre**.

– Ils devraient prendre un bâton de parole au lieu de crier comme ça, dit Mila.

Tout le monde rigole ! Mila est rassurée. Quand on comprend les choses, on a moins peur.

Après le goûter, Arthur a envie de se dégourdir les jambes,
il propose :

– Et si on jouait à chat ? Mila, c'est toi le chat !

Ils se mettent à courir dans la maison et en passant près du buffet...

Ba-Da-BOUM !

Ils renversent un vase qui se casse en tombant.

Papa intervient :

– On se calme maintenant !

Les enfants arrêtent de courir et ne sont pas très fiers…

– Je vois que vous avez cassé quelque chose, dit papa calmement.

Comment réparer cela ?

– Je vais chercher la balayette, dit Manon.

– Et moi l'éponge, dit Arthur.

– Et moi, je fais quoi ? interroge Mila.

– Est-ce que tu peux me rappeler les règles de la maison ?
demande papa.

Pendant que Manon et Arthur épongent l'eau, et ramassent les fleurs et les morceaux de vase, Mila rappelle les règles :
– On ne court pas dans la maison. On ne dit pas de vilains mots. Et... Mila a oublié.

– Et si vous dessiniez une affiche pour vous rappeler les règles de vie, propose papa.

– Bonne idée ! disent les enfants.

Arthur, avec une règle, dessine un joli cadre sur une feuille blanche. Manon écrit les règles et Mila fait des petits dessins pour décorer.

– On peut la coller sur le frigo, demande Arthur ?
– Bien sûr ! dit papa.

Maman les rejoint et les félicite :
– C'est une très jolie affiche, les enfants. Bravo !

– C'est bientôt l'heure de manger ? demande Arthur qui a faim.

– N'importe quoi, répond Manon. Il n'est que dix-sept heures. T'es vraiment bête !

– C'est toi qui es bête ! dit Arthur.

– Les enfants, intervient papa, pas de paroles blessantes. Vous venez de l'écrire sur votre liste !

– Vous savez ce que font ce genre de mots, dit maman. Ils blessent le cœur.

– Ils blessent même le cœur de celui qui les dit, ajoute Manon. Car je ne pense pas du tout qu'Arthur est bête et je ne sais pas pourquoi j'ai dit ça…

– Parfois ils sortent tout seuls ! Quand ça arrive, il faut s'excuser, répond maman.

– Pardon, dit Manon.

– Pardon aussi, dit Arthur.

Que d'émotions aujourd'hui !

Colère, peur,
joie, tristesse…

Ce n'est pas toujours facile !

Mais en se parlant et en s'écoutant, on peut presque toujours tout arranger !

Conseils de l'auteur

Ce petit album a été pensé comme un outil très simple pour présenter les démarches efficaces face à certaines situations du quotidien.

À travers une petite histoire proche du vécu de chacun, nous vous proposons des pistes à adapter selon vos besoins ; il peut s'agir :

- d'une posture éducative (l'attitude des adultes présents dans l'histoire) ;
- d'un apprentissage par l'expérience (le cheminement des enfants) ;
- mais aussi, en filigrane, d'une suggestion d'activités Montessori à proposer régulièrement à l'enfant pour l'aider à acquérir de nouvelles habiletés ;
- ou encore de propositions pour adapter le lieu de vie de votre enfant (sa chambre, l'appartement, etc.) à ses besoins.

Voici les pistes de réflexion suggérées dans ce petit livre :

- inciter les enfants à l'écoute et au respect mutuels ;
- organiser des temps de résolution de conflit sous forme de jeux (le bâton de parole, etc.) ;
- responsabilisation des enfants (ce sont eux qui rappellent les règles de la maison, etc.) ;
- stimulation de la mémoire, du sens logique et de la perception par le toucher en utilisant notamment la tour rose et l'escalier marron.

Imprimé en Espagne par Graficas Estella
Dépôt légal : juillet 2017 – 320101/01
N° de projet : 11036048 – septembre 2017

PAPIER À BASE DE
FIBRES CERTIFIÉES

LAROUSSE s'engage pour l'environnement en réduisant l'empreinte carbone de ses livres. Celle de cet exemplaire est de :

300 g éq. CO_2
Rendez-vous sur
www.larousse-durable.fr